www.tredition.de

Bibliografische Information der Deutschen Nationalbibliothek:
Die Deutsche Nationalbibliothek verzeichnet diese Publikation in der Deutschen Nationalbibliografie; detaillierte bibliografische Daten sind im Internet über www.dnb.de abrufbar.

Daniel Jung
Charly, bitte kommen!
Berlin - Potsdam, 2017

Herstellung und Verlag:
tredition GmbH, Hamburg
Herausgeber Adrian Born

ISBN

Paperback:	**978-3-7439-1620-3**
Hardcover:	**978-3-7439-1621-0**
e-Book:	**978-3-7439-1622-7**

Printed in Germany

Für meine Enkelkinder

Berlin – Potsdam
2017

Daniel Jung

Charly,
bitte kommen!

Vorwort des Herausgebers

Dieses Buch ist dazu gedacht, Ihnen ein Schmunzeln ins Gesicht zu zaubern; Sie an eine Zeit im Leben zu erinnern, die wir uns schworen niemals zu vergessen. Hier wird sie festgehalten und neu zum Leben erweckt – die Zeit unserer Jugend. Der Autor wollte sie nicht der Vergänglichkeit überlassen und schrieb alles auf, was so einmalig und kostbar uns dennoch entflieht im gnadenlosen Alltag, während wir erwachsen werden und hoffentlich zufrieden alt.

Ich bin mir sicher, Sie werden sich auf der einen oder anderen Seite dieses Buches wiedererkennen, zwischen den Blättern jemandem begegnen, der Ihnen sehr bekannt vorkommt. Und Sie werden neue Bekanntschaften machen: ausschließlich mit Menschen, die man jederzeit seinen Eltern vorstellen kann.

Daniel Jung und sein Illustrator Lutz Heber haben es geschafft, ein Kleinod aufs Papier zu bringen, von dem man sich eine Fortsetzung wünscht.

Viel Spaß bei der ersten Staffel.

Künstlerische Freiheit

Einen Klugscheißer hat mein Orthopäde mich genannt, weil ich immer wieder Gründe fand, um seine Schmerzmittel nicht einzunehmen. Zum Beispiel: Warum soll ich sie nehmen, wenn ich Schmerzen schon habe? Zugegeben, gelegentlich kann man auf die Chemie nicht verzichten, aber grundsätzlich wende ich lieber die Methode der Ablenkung an.

Mein Orthopäde kennt Charly nicht!

***

Meine Enkelin fordert meine uneingeschränkte Aufmerksamkeit.

Charly porträtiert gerade ihre Oma. Mit Wasserfarben. Zwanzig Minuten braucht sie allein für die Gestaltung des Umfeldes. So, wie ihr Malkasten inzwischen aussieht, widerstrebt das meiner Vorstellung von korrekter Arbeitsweise. Ich bin noch darauf getrimmt worden, den rot eingefärbten Pinsel auszuwaschen, bevor er mit grüner Farbe verwendet werden kann. Der Weg zum Bild war gefühlt wichtiger als das Bild selbst.

„Wozu dient eigentlich das Wasser im Reinigungsglas?"

Mein leicht sarkastischer Tonfall ist nicht zu überhören.

„Du sollst den Pinsel kurz auswaschen, bevor du eine zweite Farbe benutzt!"

„Weil sonst?"

Herrlich! Da ist es wieder. Sie hat nie „Warum?" gefragt, immer nur „Weil sonst …?"

„Weil man sonst eine heillose Schweinerei im Farbkasten produziert. Und später kostet es unnötig viel Zeit beim Saubermachen. Wenn du deinen Pinsel nicht auswaschen willst, kannst du einen neuen verwenden."

„Oopa!"

Sie kann das „Opa" so schön lang ziehen und variiert dabei den Tonfall je nach Situation von mitleidig über verliebt bis fordernd.

***

„Opa – Oopaa – OOOPAAA!"

Im Wartebereich der Zulassungsstelle erklingt aus meinem Handy Charlys Stimme. Ich habe sie zum Rufton gemacht und vergessen das Handy auszuschalten.

Nach meinem entschuldigend gestammelten „Tut mir leid, aber es stimmt ..." ernte ich statt böser Blicke Lachen. Einige der Anwesenden wollen sogar wissen, wie ich das gemacht habe mit der Stimme und so. Mein Gegenüber gesteht, etwas Ähnliches selbst versucht aber nie hinbekommen zu haben.

Ich komme mit ganz netten Leuten ins Gespräch.

Danke Charly!

***

„Opa! Ich mach das schon! Wenn ich mit Oma male, wischt sie die Farben ab. Weißt du?"

Nein, weiß ich nicht, aber es soll wohl heißen, dass ich den Farbkasten sauber kriegen muss. Die eindeutige Inkonsequenz zwischen „ich mach das schon" und „Oma wischt immer ab" bekümmert Charly nicht. Also werde ich den klassischen Widerspruch später durch praktisches Handeln auflösen. Was tut man nicht alles als Mäzen einer vierjährigen Künstlerin …

So gut ich kann und meine eigenen bescheidenen künstlerischen Mittel es zulassen, versuche ich zu helfen. Der Baum und seine Äste sind schon fertig gestaltet, ebenso der blau getuschte Himmel, die Wolken und eine angedeutete Wiese, auf der ich ein paar tulpenähnliche Blumen hinzufügen darf, während Charly die braune Holzbank malt, auf der nun Oma - bildlich gesprochen - Platz nehmen soll.

Die Dimensionen des menschlichen Körpers spielen nur marginal eine Rolle. Künstlerische Freiheit eben. Ich versuche erst gar nicht einzugreifen.

Es gibt heutzutage so viele anerkannte Maler, deren Werke ich zwar nicht verstehe, die aber genauso malen wie Charly. Und deren Bilder werden ganz selbstverständlich zu horrenden Preisen angeboten. Also schweige ich und lerne dazu!

Endlich. Charly konzentriert sich auf das Porträt, das Wesentliche an dieser Arbeit, wie sie behauptet.

„Warum hast du den Kopf so groß gemalt?"

„Ist doch klar, oder?", wundert sich Charly: „Oma sitzt im Vordergrund!"

Noch bevor sie die Feinheiten von Omas Gesicht farblich zu gestalten versucht, nimmt sie das Blatt mit beiden Händen auf, faltet es quer und beginnt, es sorgfältig zu zerknittern.

„Was soll das denn?", frage ich entsetzt. „Gefällt dir dein Bild nicht mehr?"

Charly neigt den Kopf leicht zur Seite, sieht mich mit ihren strahlendblauen Augen fast bedauernd an, streckt mir das zerknitterte Bild mit beiden Händen entgegen und sagt: „Ach Opa, kannst du mir sagen, wie ich sonst Omas Falten hinkriegen soll?"

***

„Hast du toll gemacht! Sieht ganz natürlich aus."

Omas Lob ist ehrlich.

„Das bist du auf der Bank im Garten", erklärt Charly eifrig und stellt zufrieden fest, dass Oma sich sehr freut. Besonders über die Blumenwiese.

„Ja, ich finde sie auch besonders gut gelungen", stimme ich ganz bescheiden zu.

VORHER   NACHHER

Nix Weltbewegendes

Mein Blick aus dem Fenster geht ins Leere.

Wenn ich am Schreibtisch meinen Gedanken nachhänge, wirkt das Grün des Gartens zwar beruhigend, ich nehme aber keine Einzelheiten wahr. Dabei ergibt sich aus der Vielfalt der Pflanzen eine ständig wechselnde Blütenpracht.

Ein Klingeln lenkt meinen Blick auf das Display des Telefons. „Unbekannt" ist da zu lesen.

Weil ich weiß, dass die Kinder ihre Nummernanzeige unterdrückt haben, bin ich versucht, mich mit der Bemerkung „Wer stört?" zu melden. Das hat schon mehrfach zu Irritationen bei fremden Anrufern geführt. Deshalb nehme ich das Mobilteil aus der Ladeschale und melde mich korrekt:

„Daniel Jung".

Kurze Pause!

„Opa? Ähhh, hier ist Nina ..."

Gut gelernt, denke ich! Sie weiß, dass es nerven kann, wenn sich vom anderen Ende der Leitung ein Sprachschwall ergießt, der keiner Person zuzuordnen ist:

„Nina! Was gibt es denn?"

Stille am anderen Ende – aus dem nur fünfzig Meter entfernten Nachbarhaus.

„Es gibt nichts, jedenfalls nichts zu verschenken, wenn du das meinst!"

„Nein! Ich meine: Was machst du gerade?"

Wieder Stille. Irritierend lang.

In Ninas Stimme ist leichtes Unverständnis zu spüren, als sie sagt: „Na, das weißt du doch ...!"

„Nein! Ich hab' keine Ahnung! Würde ich sonst fragen?"

Ihre Stimme klingt fest und bestimmt bei der Gegenfrage:

„Willst du mich verscheibenkleistern? Ich telefoniere mit dir!"

Bloß gut, dass ich nicht nach dem Wetter gefragt habe, da sie vom Haus nebenan anruft. Die am Horizont gerade aufziehenden Gewitterwolken sind nicht zu übersehen ...

„Okay, du hast recht! Warum telefonieren wir?"

„Opa! Mama holt Charly vom Kindergarten ab und ich bin allein zu Hause. Kann ich zu dir rüberkommen? Wir könnten etwas spielen oder reden. Kann ich? Ich fühle mich so allein! Und ... es donnert schon."

„Klar, komm rüber. Aber schließ bitte die Haustür ab!"

Ich schaue aus dem Fenster, sehe sie kommen und gehe ihr entgegen.

„Danke, Opa!"

Sie umarmt mich zur Begrüßung.

„Kein Problem. Möchtest du etwas zu trinken haben?"

„Ja, einen Topf warmen Kakao. Opa, deine Stimme klingt lustig. Ist das immer noch von Hertha?"

„Klar. Den heiseren Bass habe ich vom Hertha-Spiel am Samstag."

***

Seit vielen Jahren gestalten wir das letzte Heimspiel der Saison als Familienausflug mit Onkel Basti. Dabei ist es gleichgültig in welcher Liga und gegen wen die Hertha gerade spielt. In diesem Jahr war Darmstadt 98 zu Gast.

Trotz einer 1:0-Führung zur Halbzeit kassieren die Herthaner zwei Treffer und verlieren das Spiel. Auch der Schlachtruf „Ha Ho He – Hertha BSC" aus Tausenden Kehlen plus meiner kann nicht helfen, die Niederlage abzuwenden; Hertha spielt grottenschlecht, viel zu behäbig ... und meine Stimme ist fast weg.

Charly besucht zum ersten Mal das Olympia-stadion. Sie fühlt sich sichtlich wohl. Rituale und Gesänge lernt sie schnell und ist bald „Eine von uns". Schal, Basecap, Fahne und T-Shirt weisen sie als kleinen Hertha-Fan aus.

Der Heimweg wird zu ihrem Soloauftritt. Auf den Schultern ihres zwei Meter großen Onkels sitzend überragt sie die Stadionbesucher und hat deren volle Aufmerksamkeit, während sie in Dauer-erschleife, Fahne schwenkend, laut vernehmlich und sehr zutreffend singt:

„Ha Ho He – Bertha BSC! Ha Ho He – Bertha BSC."

***

„Ist blaue Milch okay?"

Nina nickt. Aus dem blau umrandeten Tetrapak gieße ich die Magermilch gleichmäßig fließend in einen Pott und stelle ihn für eine Minute in die Mikrowelle.

„Opa, warum schwappt das beim Eingießen bei Dir nicht so wie bei mir?"

„Weil ..."

Ich denke nach. Physik. Gegenstromprinzip. Milch raus, Luft rein. Und alles mit einer Öffnung. Wie so oft im Leben eine Frage der „Haltung". Eigentlich genial konstruiert, der Tetrapak. Nur, wie erklär ich das?

Noch Fragen? Die kommen regelmäßig: wild durcheinander.

Warum fallen im Herbst die Blätter?
Warum ist das Gras grün?
Wer hat die Bibel geschrieben?

Wohin geht man, wenn man stirbt?

Warum hört es auf zu bluten, wenn man sich in den Finger pikt?

Was passiert beim Rülpsen?

Woher kommen die Popel?

Warum wird man blass?

Apropos!

„Ich bin ganz schön blass geworden."

„Wart's ab, bis ihr wieder aus dem Urlaub zurück seid."

Sie schmunzelt: „Nein, ich meine mein Bild auf dem Pott" und deutet in Richtung Mikrowelle.

Stimmt. Die Farbe ist nicht spülmaschinenfest und Nina war auf dem Bild sechs Monate alt.

„Habe ich regelmäßig benutzt, wie du siehst."

Die Mikrowelle piept; noch das Kakaopulver einrühren.

Vorsicht, heiß!

„Gibt's 'was Neues aus der Bildungsfabrik?"

„Nö, eigentlich nicht. Nur den Sachkundetest haben wir zurückbekommen."

„Und worum ging's dabei?"

Sie sieht mir direkt in die Augen. „Unser Fachwissen in Sexualkunde wurde abgefragt."

Ich halte dem Blick stand. „Fachwissen in Sexualkunde" klingt es in meinem Kopf nach. Noch ehe ich weitere Fragen stellen kann, fügt Nina hinzu: „Ich habe 'ne Eins; nur einen Fehler!"

„Und was war falsch?"

„Die männliche Brust!"

Nina sieht meinen fragenden Blick und erklärt: „Die Aufgabe lautete: Nenne je zwei äußere Geschlechtsmerkmale für Mann und Frau. Frau ist klar: Brust und Scheide. Beim Mann habe ich Brust und Penis geschrieben."

Fast entschuldigend folgt die Richtigstellung: „Hoden und Penis waren gefragt!"

Sie trinkt wieder einen Schluck Kakao. Es ist dunkler geworden. Donner grollt, noch aus großer Distanz. Der Wind frischt auf. Das Gewitter kommt näher.

„Was war heute sonst noch interessant? Lass dir doch nicht alles aus der Nase ziehen!"

„Och, nix Weltbewegendes. In Mathe haben wir Multiplikationsaufgaben gelöst. Langweilig. In einem Wortdiktat – aber ohne Wertung – ging es in Deutsch um ungewöhnliche Schreibweisen."

„Wie ...?"

„Dampfschifffahrtsgesellschaftsflagge!"

„Warum denn das? Ach, es ging um die Schreibweise des ‚f', drei ‚f'."

„Nein! Sechs ‚f'!"

Ich stutze einen Moment.

„Schlaumeier! Aber doch nicht hintereinander."

„Doch! Nur nicht direkt nebeneinander!"

Von wem sie das wohl hat, frage ich mich zum wiederholten Mal.

„Aber Religion war lustig!"

„Wieso? Was habt ihr besprochen?"

„Als Jesus über das Wasser des Sees Genezareth lief. Alle haben gesagt, dass das nicht geht. Ich hab mich dann gemeldet und gesagt, dass man das auch anders sehen kann. Du hast doch gesagt, dass Jesus die Gegend kannte und genau wusste, wo die Steine liegen!"

Unmittelbar auf den Blitzeinschlag folgt das Donnern. Der Sturm fegt schon einige Minuten über uns hinweg und zerrt an den Ästen des Walnussbaumes. Inzwischen peitscht der Regen an die Fenster der Westseite des Hauses. Auf der Terrasse bildet sich schnell ein kleiner See.

Nina weiß über das Phänomen Gewitter Bescheid. Dennoch zuckt sie bei den krachenden Donnerschlägen zusammen. Sie rückt noch ein Stück näher an mich heran.

„Ist gleich vorbei. Wird schon weniger!" Ich versuche sie abzulenken. „Dein Haar sieht so verändert aus. Wart ihr beim Friseur?"

„Nö."

„Wie, nö? Verändert sich deine Frisur von allein, oder können eure Smartphones auch schon Haare schneiden?"

Nina schaut, als ob sie sich fragen würde: „Ist er wirklich so blöd?" Dann sagt sie mitleidig lächelnd:

„Nö, der Friseur war bei uns!"

Ein ganz besonderer Tag

„Jeder Tag ist etwas ganz Besonderes!", sagt Oma. „Aber heute ist ein ganz besonders ‚ganz besonderer Tag'."

Im Kindergarten ist „Oma-und-Opa-Tag" und der findet nur einmal im Jahr statt. Deswegen ist er ja so besonders, weil Charly lange auf diesen Tag warten muss.

Das ist wie mit Weihnachten oder dem Nikolaustag, bemerkt Andrea. Und sie muss es wissen, sie ist die verantwortliche Erzieherin der „Eulengruppe". Ihr Wort zählt bei den Vier- bis Fünfjährigen mehr als das der Eltern oder Großeltern. Erreicht die Logik bei Charly eine Grenze, kommt garantiert der Satz: „Aber, Andrea hat gesagt ..."

Die Kita heißt „Vogelnest" und deshalb haben alle Altersgruppen Vogelnamen: „Spatzen" für die Jüngsten, „Meisen" für die Dreijährigen, „Eulen" und „Raben" für die Vorschulkinder.

Als uns Charly vor ein paar Tagen die Bedeutung und Lebensweise der Eule erklärte (wer weiß schon, dass es weltweit etwa zweihundert Eulenarten gibt), folgte auf meinen Einwand, dass sie meist am Tag schlafen, prompt ihre Belehrung: „Ja, aber Andrea hat gesagt, deshalb sind Eulen auch ‚nacktaktiv'!"

***

Alle Erzieherinnen freuen sich auf die „OOs". Wen man besonders mag, dem gibt man einen Spitznamen und diesen für „Omas und Opas" hat Emanuel zum ersten Mal benutzt. Seitdem reden alle nur noch von den „OOs". Wer Emanuels Namen verkürzt hat, ist nicht mehr bekannt, aber alle sagen nur noch „Manu" zu ihm. Die Kinder mögen ihn sehr, und die „OOs" tun es ihnen gleich.

Andrea sagt, Großeltern meckern nicht so viel wie Mütter und Väter. Und das stimmt.

Vor einigen Tagen wurden mehrere Kinder von Elias angeschrien, gebissen und auf den Boden geworfen. Als ein Vater von diesen Vorfällen erfuhr, hat er gefordert, dass Elias sofort in eine andere Gruppe versetzt und das pädagogische Konzept für derartige Störenfriede angepasst wird. Andrea ist ganz ruhig geblieben und hat angemerkt, dass Elias in einer anderen Gruppe ebenso zubeißen würde und sie bereits daran arbeitet, dass er das unterlässt.

Auch Charly war betroffen. Beim Abholen hat Oma sich ihren Arm angesehen und über die kleine Bisswunde gepustet, sie gestreichelt und gesagt, dass bis zur Hochzeit alles wieder gut werde.

Dann legte Oma ihren Arm um Elias Schultern und hat ganz ruhig mit ihm gesprochen. Mit eingezogenem Kopf und weit aufgerissenen Augen schien er darauf zu warten, angebrüllt zu werden. Später versprach er, niemanden mehr zu beißen; auch keinen aus den anderen Gruppen.

Nach drei Tagen verkündete er ganz stolz: „Ich hab' gar nicht mehr gebeißt!"

✳✳✳

Für den „Oma-und-Opa-Tag" wurden viele Überraschungen vorbereitet. Solche Überraschungen mögen die Großeltern genauso wie die Kinder. Diese haben neue Lieder wie „Die Jahresuhr" von Rolf Zuckowski gelernt. Aber von den Großeltern waren nicht alle auf dem Laufenden und konnten deshalb nicht mitsingen.

Dafür hat Andrea noch ein Lied eingeübt. Eins, das alle „OOs" kennen; na ja, fast alle: „Der Kuckuck und der Esel". Die meisten kennen die erste Strophe und können diese laut mitsingen. Bei der zweiten Strophe sind nur noch einige textsicher. Die Dritte klingt dann richtig gut, weil nur noch die singen, die den Text vollständig kennen und auch sonst gut Stimme halten können.

Alle „Eulenkinder" haben mit den Flügeln ganz vorsichtig Beifall geschlagen, damit keine Feder verloren geht. Die Kostüme, die sie tragen, sind für die „Vogelhochzeit". Ohne sie wirkt das einstudierte Theaterstück nicht.

Nur Elias ist zu stürmisch. Er springt auf, läuft im Kreis herum und bleibt an der Türklinke hängen.

„Och! Typisch! Das kennen wir schon!", resümiert Charly die Erfahrungen der Gruppe bei den Proben.

Die runtergefallenen „Federn" befestigt Andrea mit Gummiband am Arm und ersetzt den abgerissenen Knopf durch eine Sicherheitsnadel. Andrea ist immer vorbereitet.

„Für alle Fälle", erklärt sie den Großeltern. „Für die Nasen ein Taschentuch; für die Haare eine Bürste und für jedes Wehwehchen ein Pflaster."

Da ist noch mehr in ihrer Box, zum Beispiel Bonbons gegen Tränen. Deshalb lohnt es sich, manchmal zu weinen. Und die Kinder wissen das!

In der „Vogelhochzeit" spielt Charly die „Brautmutter Eule", die Abschied mit Geheule nimmt. So wie sie geheult hat, fanden das alle Großeltern lustig und haben geklatscht.

Ursprünglich war vorgesehen, dass Charly den Part der Braut übernehmen sollte. Das hat sie vehement mit der Begründung abgelehnt:

„Dann sagen alle ‚Schleiereule' zu mir ..."

Nach dem Ende des kleinen Programms wurden die selbst gebastelten Geschenke an die „OOs" verteilt. Die haben sich sehr über die bunt bemalten gefalteten Schmetterlinge gefreut und die Kinder in den Arm genommen und gedrückt.

Am Abend berichtet Charly ihren Eltern von den Ereignissen des Tages und auch von der Übergabe der Geschenke.

„Mama, Opa hatte Tränen in den Augen. Vor Freude, sagt er. Aber das kenn ich ja schon vom Geburtstag."

Für die Erzieherinnen gibt es auch eine Überraschung.

Oma hat mit Charly kleine Geschenke eingepackt, die beide überreichen.

„Hast du toll gemacht, meine Süße!", hat Andrea gesagt und dabei Charly gedrückt.

„Süße", so nennt sie die Kleinen manchmal.

„Das stimmt aber nicht!", protestiert Charly vehement: „Ich hab' an meinem Arm geleckt ..."

Meistens erhalten die Erzieherinnen als Dankeschön nur einen „warmen Händedruck".

„Davon habe ich schon einen Sack voll im Keller!", flüstert Andrea im Vorbeigehen mit fast unbewegten Lippen der Oma zu und lächelt ...

Als auch die anderen Gruppen ihre Aufführungen beendet haben und die Geschenke an die Großeltern verteilt sind, wird das Kuchenbuffet eröffnet. Auf dem Spielplatz stehen Tische und Bänke und neben dem Hauseingang ist das Buffet aufgebaut. Weil wieder viele Großeltern gekommen sind, muss auch auf die Kinderstühle und Kinderbänke zurückgegriffen werden.

Es sieht schon lustig aus, wenn die „Alten" da drauf hocken.

Und wenn sie aufstehen erst!

„Oma! Oma! Opa hat gesagt, er könnte sich da unten mit den Knien die Ohren zuhalten“, ruft Charly und fügt hinzu: „Er will's mir aber nicht zeigen.“

„Wir kommen jetzt zum gemütlichen Teil des Nachmittags!“ Die Stimme von Kitaleiterin Karin ist nicht zu überhören.

Alle Großeltern werden langsam still; zuletzt verstummen die stürmischen Kleinen. Die allgemein erwartete Rede zur Eröffnung des Buffets fällt sehr kurz aus.

„Was haben Großeltern und Kinder gemeinsam?“, fragt Karin lächelnd. Ohne auf Vorschläge zu warten, gibt sie selbst laut die Antwort: „Manche hören schwer!"

Die Kitamitarbeiter und die Eltern haben Kuchen und Kekse gebacken. Es gibt Kaffee und Kakao. An den Enden des Buffettisches stehen blaue Säcke für den Abfall und die benutzten Pappteller.

Einige Ökofreaks unter den Großeltern können sich die Bemerkung nicht verkneifen, dass die Verantwortlichen der Kita über richtiges Geschirr nachdenken sollten, damit der Müllberg nicht unnötig wächst; wegen der Umwelt und so ... Letztlich sind sie aber ganz froh, nur die vollen Müllsäcke entsorgen zu dürfen, statt das Geschirr abwaschen zu müssen.

Für die Kinder beginnt dieser Teil des „OO-Tages" gar nicht so gemütlich. Fast alle Erwachsenen stehen wie eine große, undurchdringliche Wand um den Buffettisch herum. Jeder will der Erste sein und schiebt und drängelt sich dann wieder aus dem Gewimmel zurück zu seinem Stuhl. Die wenigen Bänke sind schnell besetzt. Zwischen den Erwachsenen balancieren die Kleinen ihre Kakaobecher zum Sitzplatz und verschütten dabei einiges. Die Großeltern sind meistens so abgelenkt, dass sie den nassen Fleck auf der Kleidung – wenn überhaupt - frühestens beim Hinsetzen bemerken. Und dann tun sie so, als wäre nichts passiert, damit niemand in ihrer Umgebung darauf aufmerksam wird.

„Das trocknet wieder und dann ab in die Waschmaschine", kommentiert Oma die Szene.

Charly begnügt sich mit einem Stück Schokoladengugelhupf und macht sich zum Spielen aus dem Staub. Schaukeln und Klettern kann sie sehr gut. Ich bekomme Angst, wenn sie sich dabei austobt. Als ob sie uns beiden Alten zeigen muss, was sie so draufhat, und dass die „OOs" sie nicht so schnell klein kriegen. Eher umgekehrt.

***

Charly übernachtet heute bei Oma und Opa im Enkel-Kinder-Zimmer. Doch bis dahin ist noch Zeit, sich im Garten zu verstecken, die Schaukel zu benutzen, mit der Katze zu spielen oder Laufrad zu fahren.

„Werde nicht übermütig!", rufe ich ihr zu. „Du weißt ja, das endet meist mit Tränen …"

Und richtig: Heute fällt Charly mit dem Laufrad hin und schürft sich das Knie auf. So schlimm ist es zwar gar nicht, trotzdem präsentiert sie die Wunde, nach erfolgter „Notversorgung" mit einem Pflaster, der Nachbarin. Diese zeigt sofort ihr Mitgefühl, nimmt Charly in den Arm und streichelt ihre Wange. Das tut gut. Und es ist wichtig, wie sie als Pädagogin bemerkt, denn Zuwendung fördert die Genesung nachweislich!

Vor ein paar Wochen verstarb der Vater unserer Nachbarin - 88-jährig. Er war sehr krank. Heute, selbst verletzt, nutzt Charly die Gelegenheit und fragt bei der Nachbarin nach: „Wo ist dein Papa jetzt?"

Nach einem Moment des Nachdenkens verwirft diese die erforderlichen Erklärungen über Einäscherung, Urne sowie die Schwierigkeit eine Grabstelle zu bekommen und wählt mit fester Stimme und lächelnd die Kurzform: „Im Himmel!"

Charly überlegt kurz und verkündet der Nachbarin mit gleicher Bestimmtheit: „Mein Papa ist im Kino!"

Nach dem Toben im Garten – Charly hat sich sportlich voll verausgabt und ist entsprechend verschwitzt – ist Duschen angesagt. Das war noch nie ein Problem, denn Wasser ist ihr Element. Sie konnte noch nicht richtig schwimmen, da ließ sie die Poolnudel einfach los und tauchte nach dem auf dem Boden des Schwimmbeckens liegenden Gummiring. Erfolgreich!

Könnte sie sich ein Sternzeichen wünschen, es wäre sicher „der Wassermann"!

Ausnahmsweise findet das Abendessen im Schlafanzug statt. Charly hat sich Milchreis mit Zucker und Zimt gewünscht. Üblicherweise gibt es bei Oma abends „Stulle mit Brot", und das mag die Kleine überhaupt nicht. Dann bringt Oma Charly ins Bett. Vorher darf sie noch das „Baumhaus" und den „Sandmann" im Kinderkanal sehen. Nach dem Zähneputzen kuschelt sie sich neben ihren „Beschütz-mich-Hund" unter die Bettdecke und Oma gibt ihr Zeit, ruhig zu werden.

Die Wunde am Knie ist fast vergessen.

Noch einmal denkt Charly über den so seltenen und deswegen so besonderen „Oma-und-Opa-Tag" nach, bevor sie mit Oma ein Abendlied singt und sie gemeinsam beten.

Charly kann ihre Augen nur noch mühsam offen halten. Oma streicht zärtlich über ihre Wangen.

„Nun schlaf mal gut und träum was Schönes. Du hast heute so viel erlebt. Es war ein ganz besonderer Tag."

Charly hat die Augen geschlossen. Die Augäpfel bewegen sich unruhig hin und her ...

„Ja, Oma. Es war ein ganz besonderer Tag."

Schach

„Die mentale Leistung beim Schachspiel ist enorm und erfordert maximale Konzentration. Voraussetzung dafür ist absolute Ruhe. Manchmal meint man, dass bereits das persönlich wahrnehmbare Pulsieren des Blutkreislaufes dein Gegenüber stören könnte", pflegte mein Vater zu sagen.

Mein Vater war ein strenger Lehrmeister.

In die erst wenige Sekunden andauernde Stille hinein, die Gesamtspielzeit betrug kaum zwei Minuten, fragt er mich. „Weißt Du eigentlich noch, was ‚Schachmatt' heißt?"

Ungläubig schaue ich auf und antworte nach kurzem Zögern: „Natürlich, du hast mich doch trainiert. Genauso gut könntest du mir die Frage stellen, wo die Sonne aufgeht, im Osten oder im Westen!"

Vater schmunzelt.

„Und?" Fragend schaut er mich an und ich weiß sofort, sag jetzt nicht „im Osten", das wäre zu einfach.

„Wie so oft ist die Antwort eine Frage des Standpunktes ..."

Seine weit ausholenden Erklärungen waren verständlich, oft aber ermüdend.

„Manchmal muss man komplexer Denken, auch um die Ecke und voraus, wie beim Schach."

Genüsslich zieht er seine Dame von d8 nach h4 und ich realisiere, dass ich in die „Narrenmatt-Falle" getappt bin.

„Jetzt weißt du, was ‚Schachmatt' heißt! Wie oft habe ich Dir gesagt, dass die Eröffnung mit äußeren Bauern problematisch ist und für Anfänger als Kardinalfehler gilt. Der König ist tot."

Wir geben uns die Hand, lehnen uns zurück und genießen schweigend einen Moment der Stille auf der Galerie des Hauses.

Der Schachtisch steht immer noch an dieser Stelle.

***

 WEIß BEGINNT

 SCHWARZ GEWINNT

„Ich stell schon mal auf!"

Charly steht auf der vorletzten Stufe der Treppe zum Obergeschoss. Offensichtlich hat meine Enkelin sich entschieden, doch nicht den „Pass-bloß-auf-Weg" in das Erdgeschoss zu gehen, sondern ihre Botschaft nach unten zu rufen. Das ist meistens auch erfolgreich, und einfacher, denn die Treppe ist keineswegs kindgerecht gestaltet und deshalb für ein zierliches kleines Mädchen nicht so leicht zu begehen.

Um die Offenheit in der Gestaltung des Hauses beizubehalten, hatte der Architekt neben den großen Glasflächen im Eingangsbereich und den bis zum Fußboden reichenden Fenstern eine Stahl-

wangentreppe einbauen lassen. Deren Birkenholz-
stufen sind unpraktisch - zu hell und zu glatt.

Als Charly selbstständig laufen lernte, war der
Handlauf für ihren kleinen Körper unerreichbar
hoch und das Treppensteigen an Opas Hand leich-
ter und sicherer; zumal dabei auch nicht die Gefahr
bestand, zwischen den offenen Stufen durchzurut-
schen. Einer der ersten vollständig von Charly
nachgeplapperten Sätze war: „Treppe is' tabu!"
Und das sagte sie stets mit erhobenem Zeigefinger.

Auch wenn sie heute mit vier Jahren die Treppe
allein rauf und runter gehen kann, der Respekt ist
geblieben.

„Mach das, ich komme sofort hoch!", rufe ich
Charly zu.

„Wo liegt das Buch?", ist von oben zu hören.

Auf meine Nachfrage, wozu sie „das Buch" denn
braucht, kommt die Antwort: „Na, ich muss doch
vergleichen."

Charly holt sich das Schachbuch (das habe ich
nach unserer letzten Partie auf dem Schreibtisch

liegen lassen), schlägt „Abbildung 1" auf und beginnt, das aufgezeichnete Grundstellungsschema mit der Aufstellung auf dem Tisch zu vergleichen.

Als sie mir ihr „Fertig!" entgegenruft, befinde ich mich bereits auf dem Weg zu ihr. Sie hat den Korbstuhl für mich so hingeschoben, dass ich mich bequem hineinfallen lassen kann. Sie selbst hockt mir gegenüber auf der Doppelcouch mit angewinkelten Beinen. Sitzend ist sie für die Tischhöhe noch zu klein.

Charly bemerkt meinen prüfenden Blick und erwartet eine Reaktion auf ihre Aufstellung. Als diese nicht schnell genug kommt, schießt es aus ihr heraus: „Alles kontrolliert! Wie im Buch! Du fängst an. Weiß beginnt - Schwarz gewinnt!"

Nach einer kurzen Sprechpause mildert sie ihre spontane Gewinnprognose ab mit: „Na, mal sehen!"

Ihr Wimpernaufschlag und ihr Blick, als schaute sie über den oberen Brillenrand, sagen mir, dass es für sie wirklich mal an der Zeit wäre zu gewinnen. Dabei haben wir uns in den vergangenen Wochen nur sporadisch zum Schachspielen getroffen - oder sollte ich besser sagen „zum Spielen mit Schachfiguren"?

Charly streicht mit der linken Hand über den Zargenrand des Tisches, als wolle sie magische Kräfte in ihm wecken und um Unterstützung bitten. Sie findet ihn superschön.

Jedes Mal, wenn Charly das Spiel aufstellt, geleitet sie die Figuren fast zärtlich über die glatte Oberfläche an ihren Platz auf dem eingelegten Schachfeld. Die kleinen Felder, abwechselnde Intarsien aus fein gemaserten dunkel- und hellbraunen Furnierhölzern, sind von einem schmalen, stilisierten Kranz aus weiteren Hölzern unterschiedlicher Schattierung umgeben und halten so scheinbar das Schachfeld zusammen. Die Zarge und die wie ein Fragezeichen geschwungenen Tischbeine sind dunkelbraun. Die vier bedrohlich wirkenden Füße sind als gekrümmte Krallen ausgearbeitet, die sich für den Sprung auf den Gegner vorbereiten oder zumindest die geschlagene Beute fest im Griff halten wollen.

Charly ist stolz auf das Erbstück und darauf, was sie in kurzer Zeit schon alles über das königliche Spiel gelernt hat. Bereits die Aufstellung der beiden Armeen wird erklärend kommentiert: „Weiße Dame – weißes Feld, schwarze Dame – schwarzes Feld, Bauern an die Front, im Schutz der Türme die Springer, die Läufer um das Königspaar". So muss ich ihr wohl bei unserem ersten Spiel die Aufstellung der Figuren erklärt haben - und sie hat sich diese Erklärungen sofort gemerkt. Meine Enkelin hat ein famoses Gedächtnis!

Charly breitet ihre Arme aus, legt sie auf der Tischplatte hinter ihrem Heer ab und schaut spitzbübisch über die Figuren zu mir. „Na los, Opa! Der Kampf beginnt! Wie setzt sich die Dame doch noch mal?"

„Die Dame setzt sich bestenfalls zu Tisch ..."

„An den Tisch, heißt das!", unterbricht sie mich.

„Ja, von mir aus auch ‚an den Tisch'. Hier heißt die Bewegung der Dame aber ‚Zug', deshalb wird sie ‚gezogen' oder ‚gesetzt'. Jetzt frag nicht, wer die

47

Dame zieht, du setzt deine und ich meine Dame. Sie ist die beweglichste Figur und kann hoch und runter gesetzt werden, ebenso hin und her, wie ein Turm. Und zusätzlich auch schräg über die freien Felder, wie ein Läufer."

Ich zeige ihr die Bewegungen, merke aber, wie es in ihrem Kopf rattert ... Bevor ich mich in weiteren Erklärungen verlieren kann, presst sie zwischen den Lippen hervor: „Na gut, fang an! Du sagst mir, welche Figur ich ziehen soll."

Ich muss schmunzeln. Es wird noch einige Partien brauchen und eine Menge Geduld von beiden Seiten erfordern, bis sie die Grundregeln dieses Spieles beherrscht - von den Feinheiten ganz zu schweigen. Über Rochade, Schlagen en passant, Umwandlungen von Bauern, Schäfermatt und andere Eigenheiten des Schachspiels wird erst viel später zu reden sein.

Ich eröffne klassisch: Bauer e2 - e4. Die sizilianische Verteidigung würde jetzt von Schwarz c7 - c5 erfordern. Ich verkneife mir eine Erklärung und Charly begegnet mir mit e7 - e5.

In den folgenden Minuten wird zwischen uns beiden viel gesprochen, gefragt und geantwortet beziehungsweise erklärt.

Die aktivierten Bauern im Mittelfeld eröffnen bald Dame und Läufern die notwendige Bewegungsfreiheit.

„An dieser Stelle könntest Du auch Deinen ‚Gaul' zum Einsatz bringen!", fordere ich etwas burschikos.

Ihr Protest folgt umgehend und treffsicher. „Du hast selbst gesagt, das heißt nicht ‚Gaul' oder ‚Pferd', das ist der Springer."

Ist das nicht toll, denke ich lächelnd. Sie hat sich das richtig gemerkt und mir bleibt nichts anderes übrig, als eine passende Formulierung meiner Sammlung von Aussprüchen für das Elfte Gebot anzuwenden. Hier passt am besten „Du sollst einen Fehler zugeben!"
„Du sollst einer Frau nicht widersprechen" wäre auch möglich, aber das würde mich ziemlich sicher in Erklärungsnot bringen.

„Du hast Recht! Es heißt ‚Springer', aber du kannst ihn trotzdem setzen."

Inzwischen haben sich die Reihen der Kämpfer auf beiden Seiten gelichtet und Charly nimmt es mit der Zuordnung der Figuren auf die einzelnen Felder nicht mehr so genau. Immer wieder zeige ich ihr, welche Figur wie gezogen werden kann, wie wer zu schlagen ist und wiederhole, dass alles Bemühen allein dem Matt des Königs dient.

Die Dame hat sie noch und versucht, ihre Variabilität diagonal, vertikal und horizontal zu erkunden. Sie will ihre Dame von e7 nach h4 ziehen, um mir „Schach" zu bieten.

„Das geht nicht!"

„Warum nicht?"

„Weil dir der Bauer auf g5 den Weg versperrt. Du kannst bestenfalls mit Dame e7 – e4 und in einem zweiten Zug Dame e4 – h4 die beiden Bauern umgehen. Bedenke aber, dass e4 vom meinem Springer auf c3 gedeckt wird und ich deine Dame schlagen kann. Du brauchst zwei Züge und der Weg ist gefährlich."

Mit ihrer Dame in der Hand zeichne ich die Wege nach, damit sie alles versteht.

Sie denkt nach.

Durch meine Erklärungen stehen die beiden Bauern auf f5 und g5 bereits etwas verschoben - nicht genau mittig - auf ihren Feldern.

Charly richtet sich auf; sie weiß jetzt, was sie zu tun hat.

Laut hörbar atmet sie tief durch die Nase ein, greift sich ihre Dame und zieht sie von e7 nach h4 - indem die soeben benannten Bauern noch ein wenig weiter beiseite gedrängt werden.
Dann schiebt sie das Kinn nach vorn, presst die Lippen trotzig aufeinander und erwartet meinen Protest.

„Das geht nicht!", sage ich mit Nachdruck. „Ich hab's dir doch erklärt. Die kommt da nicht vorbei."

„Das geht wohl!" Sie weist mit den Fingern der linken Hand, die Handfläche nach oben gedreht, auf den Weg ihrer Figur.

„Du hast selbst gesagt, der andere Weg ist gefährlich und er dauert zu lange und man soll immer den kürzesten Weg gehen."

Ihre Augen werden dabei groß und sie kraust ihre Stirn.

Mit tiefster Überzeugung in der Stimme, keinen Widerspruch duldend und jedes Wort betonend, fügte sie an:

„Meine Dame ist schlank genug, die kommt da durch!"

„SCHLANKE DAME"
mit
„ALTEM GAUL"

Mit allen Konsequenzen

„Mit was holst du mich heute ab, Oma?"

Charly kommt aus dem Spielzimmer der Kita und läuft direkt auf Oma zu. Volles Risiko. Bremsen vor dem Aufprall? Ausgeschlossen. Beide liegen lachend auf dem Fußboden und umarmen sich.

„Womit holst du mich heute ab?", korrigiert Oma.

So viel Zeit muss sein, selbst im Liegen. Als beide wieder stehen, sagt Oma kurz und knapp: „Wir laufen!"

Charly schlägt mit beiden Händen auf die Oberschenkel, kraust die Stirn und schiebt die Lippen nach vorn: „Och nö!"

„Das schöne Wetter muss man nutzen, deshalb laufen wir heute", entgegnet Oma.

„Wenn es wieder nieselt oder richtig regnet, dann komme ich mit dem Auto, das kennst du doch schon."

Jetzt geht bei Charly erst einmal gar nichts mehr. Sie dreht Oma den Rücken zu, verschränkt ihre Arme und senkt den Blick.

„Wer mich ärgert, bestimme ich", denkt Oma, legt Charlys Jacke auf die Bank an der Wand und stellt die Schuhe bereit.

Die Schuhe sind spitze. Nicht nur, dass der Klettverschluss das Anziehen sehr erleichtert; bei jedem Auftreten leuchten ringsherum im Bereich der Sohle bunte Lämpchen auf. Diese Schuhe wollte Charly unbedingt haben.

Oma lässt die Lämpchen mehrfach aufleuchten. Beide lächeln.

„Komm Charly, zieh dich bitte an, wir wollen nach Hause gehen. Ich warte ..."

„Da kannst du lange warten!" Charly geht zur Bank und setzt sich neben die von Oma bereitgelegte Jacke. Sie stützt die Ellenbogen auf den Oberschenkeln ab und legt den Kopf in die Hände. Sie blickt zum Boden.

Einige Sekunden vergehen. Oma hockt vor Charly, die Kinderschuhe in der Hand. Ihr Lächeln wirkt gequält, als würde sie denken: „Nicht mit mir! Wir lösen das auf meine Weise."

Sie stellt die Schuhe ab und richtet sich auf.

Als Charly das bemerkt, schaut sie wieder nach oben zu Oma.

„Ich weiß, mein Kind ..."

„Ich bin nicht dein Kind! Ich bin Mamas Kind!"

„Richtig, du bist mein Enkelkind. Ich weiß, dass Du einen stressigen Tag hinter dir hast. Ich schlage vor, du erzählst mir auf dem Heimweg, was heute schiefgegangen ist und was richtig Spaß gemacht hat."

Keine Reaktion.

„Charly, wie ich das sehe, hast du zwei Möglichkeiten. Du kannst wählen. Entweder ziehst du dich an und wir gehen nach Hause ..."

„Oder?", unterbricht Charly Oma und wiederholt noch einmal: „Oder?"

„Oder du gehst zurück in deine Gruppe und Mama holt dich in drei Stunden ab.

Mit allen Kon-se-quen-zen!"

Oma betont jede Silbe dieses Wortes.

Die „Konsequenzen" kennt Charly nur zu gut. Ein Fernsehverbot ist doch sehr hart. „Also, besser nichts riskieren", denkt Charly: „Aber nicht gleich nachgeben ..."

„Ich zähle jetzt bis drei!", sagt Oma ganz ruhig. „Bei eins und zwei kannst du noch entscheiden. Bei drei lege ich fest, was wir tun.

„Los geht's: Eins!"

„Nicht bei eins!", signalisiert Charlys Körperhaltung. „Nur nicht gleich aufgeben!" Trotzdem: Charlys Blick geht schon mal in Richtung Schuhe.

„Zwei!"

Charly weiß, dass ihr jetzt nicht mehr viel Zeit bleibt. Und Oma hält immer ihre Versprechen, darin ist sie sehr „kon-se-quent".

Oma atmet hörbar ein: „Und die letzte Zahl heißt ..."

„Okay, okay! Ich zieh mich schon an! Wir laufen nach Hause."

Dann geht alles sehr schnell: Hausschuhe ausziehen und ins Schuhfach stellen, Straßenschuhe anziehen, Klettverschluss schließen ...

„Vergiss die Jacke nicht!"

Nach einem kurzen „Tschüss, bis morgen!" in Richtung Erzieherin, verlassen beide die Kita.

„Ist Opa zu Hause?", fragt Charly.

„Ja!"

„Ob Opa mit mir wieder eine Runde Schach spielt, wenn wir zu Hause sind?" Charly grinst Oma an: „Oder Räuberschach?!"

„Frag ihn selbst!", antwortet Oma fast etwas grob. Damit versucht sie nur, das sich anbahnende Frage-und-Antwort-Spiel zu vermeiden. Charlys Blick, eine Mischung aus traurigem Vorwurf und Enttäuschung, lässt sie jedoch erneut kapitulieren.

„Was gab es denn heute zu Mittag?"

„Na, nicht mein Lieblingsessen!" Charlys Stimme klingt verächtlich. Sie kraust die Stirn. Ihre Augen sind weit geöffnet in freudiger Erwartung der nächsten Frage.

„Na, was gab es dann?", hakt Oma wie erwartet nach.

„Emmas Lieblingsessen!"

„Und das ist ...?"

„Nicht mein Lieblingsessen!"

Sichtlich amüsiert zieht Charly so gut sie kann das Spiel in die Länge, bis sich letztlich herausstellt, dass sie nur trockene Nudeln gegessen hat - weil sie Vanillesoße nicht mag.

Hand in Hand gehen beide nach Hause.

Kurz bevor sie die Wohnung erreichen, drückt Charly Omas Hand fester. Offensichtlich denkt sie über etwas nach.

„Na, was geht dir durch den Kopf?", fragt Oma. Ihre Blicke begegnen sich.

„Oma? Wie hättest du dich nach der Drei entschieden?"

Oma ist von der Frage überrascht, lässt sich das aber nicht anmerken und ist fast ein wenig stolz auf die diplomatische Antwort, die ihr spontan einfällt:

„Ich bin froh, dass du dich für das Nachhausegehen entschieden hast. Das war richtig. Ich hätte das an deiner Stelle genauso getan."

Oma streichelt Charlys Kopf. Beide legen die letzten Meter nachdenklich zurück. Aber sie lächeln dabei.

Die Begrüßung mit Opa ist herzlich.

Auch er darf alles über das nicht gerade wohlschmeckende Mittagessen erfahren, dabei helfen, zwei Prinzessinnenbilder bunt auszumalen, und sich schließlich auf eine wie immer ernste Partie Schach vorbereiten.

Doch diese gestaltet sich heute anders als üblich.

Bevor es losgeht, drückt Charly dem Großvater einen Fotoapparat in die Hand und geht zum Spiel-

tisch, auf dem die bereits von Opa korrekt aufge-
stellten Figuren auf ihren Einsatz warten. Charly
schiebt sie mit beiden Händen zur Mitte des Spiel-
feldes und legt ihre Arme schützend um sie herum.
Sie schaut mit leicht geneigtem Kopf lächelnd über
die weißen und schwarzen Heerscharen hinweg
und sagt:

„Opa, bevor wir anfangen, machst du bitte von
uns noch ein Familienfoto?"

Wortspiel

„Na, wie war's in der Kita?"

Charly ist entsetzt; sie ist beleidigt. Zum wiederholten Mal hat Oma sie nach den Ereignissen in der Kita gefragt.

„Woher soll ich das denn wissen?", lautet die schnippische Antwort.

Oma - gerade bei den Vorbereitungen für das Mittagessen - stellt das Glas Rotkraut ab und schaut Charly fragend an.

Charly hebt beide Arme, die Handflächen nach oben und wiederholt: „Woher soll ich das denn wissen?"

Bevor Oma reagieren kann, kommt die Erklärung: „Das kann man sich doch wirklich merken! Seit drei Monaten gehe ich schon in die VOR-SCHULE und du fragst immer noch nach der KITA!"

Omas Kopf sinkt nach vorn, sie lächelt verlegen.

„Kind, du hast recht, aber ich habe dich jahrelang aus der Kita ...“ Sie bricht den Erklärungsversuch ab. „Ich werd's mir merken!“

„Na hoffentlich!“, es blitzt in Charlys Augen.

„Ganz schön kess“, murmelt Oma.

„Versprochen?“

„Versprochen!“, verspricht Oma. „Also, alles auf Anfang: Wie war's in der VORSCHULE?“

„Schön.“ Die Antwort ist trotzig.

Oma wartet ab, aber da kommt nichts weiter. „Nun lass dir doch nicht jedes Wort aus der Nase ziehen! Und was ist übrigens mit deiner Lippe passiert?“

Charly stützt ihren Kopf auf den angewinkelten Arm und antwortet bedeutsam: „Och, das ist eine lange Geschichte!“

„Dann erzähl sie mir, aber bitte so, dass wir noch vor dem Essen fertig werden!"

„Weißt du, ich hab' ihn heute fast erwischt; aber nur fast …"

„Wen?"

„Den Nikolaus!"

„Wie das? Der kommt doch erst heute Nacht, soviel ich weiß."

„Ja schon! Aber heute Morgen hat Franka in der Vorschule gesagt, dass er ‚schon vor der Tür steht'. Deswegen wollte sie mit uns noch das Lied üben, das wir für ihn singen sollen."

„Und …? Habt ihr?"

„Ja, aber ich bin ich aufgestanden und hab an der Tür nachgesehen."

Nun geht der Oma ein Licht auf: „Und war der Nikolaus da?"

„Nein, aber ich habe noch seinen roten Mantel um die Ecke verschwinden sehen und seine Rentiere gehört."

Oma hätte jetzt noch einige Fragen dazu, will aber das Ganze nicht vertiefen und Charly die Illusion rauben, und sagt einfach nur: „Kein Wunder, dass er es eilig hatte. Der Nikolaus hat in diesen Tagen reichlich zu tun. Stell dir mal vor, wie viele geputzte Stiefel er mit kleinen Geschenken und Süßigkeiten zu füllen hat!"

„Das stimmt ja nicht, Oma!", entgegnet Charly. „Du hast das doch selbst gesagt. Er hat nur eine Nacht, diese eine Nacht, und dann muss der Kram erledigt sein! Deshalb wird es auch früher dunkel und später hell; sonst wäre das nicht zu schaffen!"

„Ich verstehe. Und die Lippe? Was ist mit deiner Lippe passiert?"

„Ja doch! Ich bin dann zum Morgenkreis zurückgerannt, um das allen zu erzählen, und Franka hat mich schon vermisst, und hat zu Leander gesagt ...“

„Dein Freund Leander?“

„Ja, mein bester Freund Leander! Er will mich heiraten!“

Charly stellt sich auf die Zehenspitzen, legt den Kopf leicht in den Nacken, leckt an ihren Lippen und dreht die Augen nach oben.

Es scheint so, als würde sie schielen.

„Die anderen Jungs auch. Alle wollen mich heiraten.“

„Aber Leander ist doch einen Kopf kleiner als du. Stört dich das nicht?“

„Nein, das stört überhaupt nicht!“

Die Antwort klingt überzeugend.

„Leander wächst noch; du weißt doch, Jungs sind da später dran als wir Frauen!"

„Richtig. Und was hat Leander mit deiner Lippe zu tun?"

„Ja, du lenkst doch immer ab. Also; Leander sollte mich suchen und ist losgerannt. Als ich um die Ecke kam, bin ich mit ihm zusammengestoßen. Mit seiner Stirn knallte er genau auf meine Lippe!"

Oma verzerrt das Gesicht: „Och Gott, das tut mir schon beim Zuhören weh!"

„Ja, das hat richtig wehgetan. Aber Opa hat mir erklärt, dass die Lippe die Zähne schützt. Und wenn jemand mit der Stirn auf die Lippe trifft, dann platzt sie auf.

Nun habe ich eine gebrochene Lippe. Aber die heilt wieder und ich hab' auch fast gar nicht geweint."

„Und hast stattdessen noch mitgesungen", stellt Oma bewundernd fest.

„Ja klar. Ein Lied, auf das ich ein Jahr warten musste. Das darf man nur an zwei Tagen im Dezember singen. Nicht einmal am Geburtstag, obwohl es dazu auch passen würde."

„Lass mich raten!" Omas Ehrgeiz ist geweckt: „Leise rieselt der Schnee?"

Charlys Protest kommt umgehend: „Falsch! Das kann man manchmal gar nicht singen, weil es einfach nicht schneit. ‚Morgen Kinder wird's was geben, morgen werden wir uns freu'n' ist richtig."

Oma lächelt: „Stimmt! Darauf hätte ich auch alleine kommen können!"

„Mach dir nichts draus! Ich bin ja auch noch da!", schließt Charly beruhigend ab und wechselt unvermittelt das Thema. „Ein bisschen schusselig ist der Nikolaus manchmal auch. Du würdest mit ihm schimpfen!" Charly stemmt beide Arme in den Hüften ab.

„Warum denn?", fragt Oma nach.

„Na, stell dir mal vor: Zwei Tage vor seinem Auftritt hat er für dich und Opa eine Tüte bei uns im Flur stehen lassen. Zum Glück habe ich sie entdeckt und Papa gegeben. Zwei Tage zu früh und nicht die richtige Adresse!"

Oma reagiert nachdenklich: „Weißt du, gerade in der Weihnachtszeit kommt es nicht darauf an, ob ein Geschenk pünktlich ist. Auch dem Christkind wurden die Geschenke erst später gebracht. Viel wichtiger ist, dass man die Zeit besinnlich verbringt und, dass man in sich geht."

Charly schaut Oma mit ganz großen Augen an und fast ängstlich fragt sie:

„Und wie kommt man da wieder raus ...?"

Das Hamsterspiel

„Ich bleib bei Opa! Ihr könnt ruhig einkaufen fahren. Macht euch keine Sorgen. Wir passen auf uns auf!"

Charlys kurze Ansprache ist an Mama und Oma gerichtet. Sie wollen gerade losfahren, haben die Seitenscheibe des Autos geöffnet und fragen noch einmal nach.

„Nein! Ich bleibe lieber zu Hause. Das ist noch nichts für mich!"

Ich grinse verstohlen. Warum ändert sich das im Laufe des Lebens? Warum nur?

Beide winken wir den „Mädels" nach, und als sie außer Sichtweite sind, wirft Charly die Haustür zu. Den Schwung nutzend, führt sie auf den Zehenspitzen eine elegante Drehung aus. Um das Gleichgewicht zu halten, wird die Bewegung mit seitlich ausgestreckten Armen ausgependelt. Sie kommt sicher zum Stehen. Der Oberkörper ist wie ein Bogen gespannt. Sie wirft den Kopf in den Nacken und dreht gleichzeitig die Handflächen nach oben. Es sieht aus, als setze sie den Punkt nach einem gut formulierten Satz. Der Ballettunterricht scheint ihr Spaß zu machen.

„Und was machen wir beiden Hübschen jetzt?", fragt Charly und zuckt mit den Schultern.

„Wir könnten doch ..."

„Hamstern!"

„Hamstern?"

Noch bevor ich ihren Vorschlag verstehe, schafft sie Tatsachen.

„Na, wir könnten doch das neue Spiel spielen."

„Das ... wollte ich auch gerade vorschlagen". Recht unbeholfen versuche ich zu vertuschen, dass ich das Spiel, das sie sich so lange gewünscht hat, schon wieder vergessen habe. Oma hat es schließlich gekauft. Es liegt noch unausgepackt im Spielzeugregal. Ich stehe auf, um es zu holen.

„Du kannst mir ja in der Zwischenzeit erzählen, was ihr in der Vorschule heute alles gemacht habt. War nicht der Kinderarzt da?"

„Ja! Der hat mich ordentlich geärgert!"

Charly kraust die Stirn und erklärt: „Eigentlich soll ein Doktor doch helfen und mich gesund machen, dass der Schnupfen vergeht und ich keine Schmerzen habe, und so."

„Stimmt!", pflichte ich bei.

„Warum tut er mir denn dann weh?"

„Hat er das?"

„Ja, und wie!" Charly zieht den linken Ärmel ihres Pullovers hoch und weist auf eine leicht gerötete Einstichstelle. „Der hat mir richtig wehgetan!" Ihre Entrüstung steigert sich.

„Es hat beim Einstich der Nadel sicher etwas gepikt. Aber so schlimm kann es auch wieder nicht gewesen sein", greife ich ein. „Dafür wirst du aber nicht krank, bekommst kein Fieber und keinen Schnupfen; du bleibst gesund. Das ist der Sinn einer Impfung!"

Ich warte auf ihren Kommentar.

Nach einer kleinen Pause erklärt sie: „Ich hab's ihm trotzdem gesagt."

„Was hast du ihm gesagt?", frage ich nach.

„Als er das Pflaster draufgeklebt hat, habe ich ihn angeschaut und gesagt: ‚Zur nächsten Impfung komme ich erst, wenn ich tot bin!'"

***

Ich wühle im Spielregal und finde es endlich: das „Hamsterspiel".

„Opa?" Charly macht eine lange Pause, ehe sie weiterspricht.

„Opa, was ist ein ‚Ernstfall'?"

„Wie kommst du denn darauf?"

„Ach, wir haben heute Vormittag in der Vorschule mit Katrin über das Thema Familie gesprochen. Ich sollte aufzählen, was ist eine Familie, wer gehört dazu, welche Familienmitglieder ich kenne."

„Das war für dich ja keine schwere Aufgabe, oder?"

„Na, ja? Papa und Mama waren ganz in Ordnung. Die habe ich zuerst genannt. Aber bei Nina kam der ‚Ernstfall'."

„Jetzt bin ich aber neugierig! Was hat ein ‚Ernstfall' mit Nina zu tun?"

Ich schiebe das immer noch nicht ausgepackte Hamsterspiel ein Stück zur Seite und lege meine Unterarme auf den Tisch.

Charly erzählt weiter.

***

Katrin: „Wer gehört noch zu deiner Familie?"

Charly: „Meine Schwester! Ich habe eine Schwester."

Katrin: „Weißt du auch, wie deine Schwester heißt?"

Charly: „Ja!"

Stille.

Katrin: „Sagst du uns ihren Namen?"

Charly: „Nee!"

Katrin: „Warum nicht, ist der geheim?"

Charly: „Nee."

Katrin: „Aber?"

Charly: „Nix ‚Aber'. Papa hat gesagt, wir sollen nicht jedem unsere Namen verraten!"

Katrin: „Da hat dein Papa recht, aber ich bin nicht jeder. Deine Schwester hat vor vier Jahren auch hier gesessen. Und ich weiß ihren Namen!"

Charly: „Na gut! Meine Schwester heißt Nina."

Katrin stutzt und runzelt die Stirn: „Das stimmt nicht ganz. Wie heißt deine Schwester richtig?"

Charly: „Nina!"

Katrin gibt auf: „Clara Charlotte, deine Schwester heißt Caroline!"

Charly stampft mit dem Fuß auf.

Charly: „Nein, meine Schwester heißt Nina!"

Katrin überlegt kurz, lächelnd sagt sie: „Ich verstehe. Deine Eltern nennen deine Schwester normalerweise bei ihrem Spitznamen ‚Nina', aber ich wette mit dir, dass sie sie, wenn der Ernstfall kommt, ‚Caroline' rufen."

***

Charly ist den Tränen nahe.

„Dann hat das Telefon geklingelt, Katrin ist ins Büro gegangen und ich habe sie nicht mehr nach dem ‚Ernstfall' fragen können."

Und wieder fällt das „Hamsterspiel" dem Vergessen zum Opfer.

Meine Erklärungen zum „Ernstfall" dauern etwas länger und umfassen im Allgemeinen sowohl das Rufen des Vornamens in Gefahrensituationen als auch im Besonderen Omas erzieherische Anwendung: „Sollten die Gören wieder mal nicht hören!"

„Opa, das reimt sich sogar!"

„Zufall!", sage ich.

Charly hat keine Lust mehr aufs Spielen.

„Kannst du mir was vorlesen?"

„Gern, aber ich suche aus. Du hast ja eine ganze Sammlung Kinderbücher."

Ich lasse Charly schließlich zwischen „Klopfer" und „Toto" wählen. Würde ich die Auswahl auf den Hasen und den Affen nicht eingrenzen, würde es ewig dauern bis Charly eine Entscheidung trifft.

Mit „Toto" in der Hand, klettert Charly auf meinen Schoß, schlägt die erste Textseite auf und lehnt sich zurück. Auf meinem rechten Arm liegend übernimmt sie das Umblättern und korrigiert die von mir absichtlich in den Text eingebauten Fehler sofort.

Sie könnte das Buch eigentlich auch alleine „lesen", denn sie kennt es inzwischen auswendig.

Plötzlich richtet sie sich auf, schaut mich verwundert an, und bevor ich reagieren kann, fragt sie besorgt: „Opa, bist du krank?"

„Nein, wieso?"

„Na ja, ganz normal kann das nicht sein", sagt Charly nachdenklich, hebt meinen fast eingeschlafenen Arm hoch und drückt mir das Handgelenk aufs Ohr.

„Hör' mal selbst: Ich halte dein Herz in meiner Hand!"

Walkie-Talkie

„Kannst du mich hören?"

Das gleichmäßige Rauschen des Sprechfunkgerätes, das die Mädchen in Opas alter Holztruhe entdeckt haben, wird durch zwei Quittungstöne unterbrochen. Dann rauscht es wieder.

Nina wiederholt ihre Meldung zum dritten Mal:

„Hier ist Nina! Kannst du mich hören? Charly, bitte kommen!"

Sie hält das Walkie-Talkie an ihr Ohr und wartet.

Wieder nichts. Irgendetwas läuft hier schief.

Nina reißt die Tür des Kinderzimmers auf und läuft sichtlich genervt über den Flur zu Opas Arbeitszimmer. Auch diese Tür wird unsanft geöffnet; dann stehen sich die Schwestern gegenüber.

„Hast du überhaupt etwas gesagt? Hast du mich denn gehört? Warum antwortest du nicht? Das ist eine WECHSEL-Sprechanlage! Heißt: Wir wechseln uns beim Sprechen ab!"

Mit hochrotem Kopf giftet Charly zurück: „Ich HABE gesprochen. Ich hab' alles so gemacht, wie Opa uns das gezeigt hat."

In ihren Augen sammelt sich Wasser; dann sagt sie: „Irgendetwas habe ich verwechselt!"

„Lass mal sehen! Ist das Ding überhaupt eingeschaltet?" Nina startet die Fehlersuche: „Beide Funkgeräte eingeschaltet, eingestellt auf Kanal 1, Roger."

Charly zuckt zusammen, kraust die Stirn und fragt: „Wer ist ‚Roger'? Kann er uns auch hören?"

„Nein! Du hast nicht richtig zugehört! Du hast nichts kapiert! Also noch mal ..."

Mit genervter Stimme erklärt Nina noch einmal, wie die Wechselsprechanlage funktioniert und dass „Roger" kein echter Mensch ist, sondern einfach nur bedeutet: Die Mitteilung ist angekommen.

„Man kann auch ‚Verstanden!' sagen. Und denk dran: Immer die Sprechtaste gedrückt halten - sonst kannst du auch Selbstgespräche führen."

„Ich weiß jetzt, was ich falsch gemacht habe; ich hab' immer nur zu kurz gedrückt ..."

„Also los. Wir testen noch einmal", sagt Nina und fügt noch leise murmelnd hinzu: „Wenn man nicht alles zweimal erklärt ..."

Sie kehrt zurück und startet einen weiteren Versuch. Laut und deutlich erklingt hinter der verschlossenen Kinderzimmertür aus dem Wechselsprechgerät in Charlys Hand: „Hier ist Nina! Rufe Charly! Kannst du mich hören? Charly, bitte kommen!"

Das gleichmäßige Rauschen des Sprechfunkgerätes wird durch nur ein leises Knacken unterbrochen: „Hier ist Charly! Ich kann dich hören. Roger. Er ist aber nicht hier."

***

„Genug für heute! Wir essen gleich Abendbrot",
sagt Opa und beendet die Walkie-Talkie-Party. Er
hat gerade den Weihnachtsstern aufgehängt und
zum Leuchten gebracht. „Apropos Abendbrot: Was
kann man zum Abendbrot NICHT essen?"

Charly und Nina fallen dazu tausend Dinge ein,
aber Opa gibt sich mit keiner der Antworten zufrieden. Am Ende hat er erreicht, was er wollte.

„Nun sag schon!", betteln Nina und Charly
gleichzeitig.

„Ganz einfach: Frühstück oder Mittag!"

Stille.

Beide Mädchen schauen sich an. Dann sagt Charly: „Na Opa, da hast du dich wohl verwitzt!"

Jetzt lachen sie: alle drei!

„Soll ich mal etwas Witziges erzählen?"

Ninas Augen glänzen in Vorfreude. Nach Opas eigentlich überflüssigem „Ja" zwinkert sie Charly zu und schreitet langsam und würdevoll, gleich einer stolzen Königin, die Treppe hinauf zum Geländer der kleinen Galerie im Obergeschoss.

Sie schaut nach unten und in die Ferne, langsam von rechts nach links und wieder zurück, so, als verschaffe sie sich einen Überblick über ein unsichtbares Volk.

Neben ihr postiert sich huldvoll ihre kleine Schwester, sichtlich bemüht, gebührenden Abstand zur „Herrscherin" zu halten.

Beide warten ab, bis auch der letzte Untertan, einschließlich des Opas, seine Huldigungen eingestellt hat, um in gespannter Ruhe auf die zu verkündende Botschaft zu hören.

Ein historischer Augenblick bahnt sich an.

Nina breitet beide Arme weit aus und wartet noch einen Moment. Dann spricht sie langsam, mit fester Stimme, offensichtlich darum bemüht, auch in den weitest entfernten letzten Reihen ihres erwartungsvollen Volkes gut verstanden zu werden: „Mein Volk! Hört, was ich euch zu sagen habe:

Steuerbefreiung!"

Der Berg ruft

Was für ein Gegensatz! Bei frühlingshaften Temperaturen sind wir aus Berlin in den Skiurlaub aufgebrochen: vom flachen Land auf die Gipfelplattform des Stubaier Gletschers in 3210 m Höhe. In der Hauptstadt werden aktuell 12 °C und hier, bei böigen Winden, -17 °C gemessen.

Am Vortag ist Neuschnee gefallen. Die Nadelbäume an den steil aufragenden Berghängen tragen schwer an der weißen Pracht. Auch die Dächer der Häuser scheinen unter der Last zu stöhnen; besonders dann, wenn die Außentemperatur schnell und stark abfällt. Bei jedem Knacken im Gebälk heben wir wie auf Kommando den Kopf und schauen prüfend nach oben. Aber die massive Ausführung der Pfetten und Sparren des Daches unserer Ferienwohnung beruhigt uns und lässt uns geschützt unter der weißen Schneedecke schlafen.

**

Die Fahrt bis ins Urlaubstal verläuft sehr ruhig. Nina und Charly sind kaum zu bemerken. Die eingebaute Videoanlage leistet ganze Arbeit. Lediglich die Absprachen der Mädchen beim Wechseln der DVDs zeigen an, dass sie noch an Bord sind.

Streitigkeiten? Fehlanzeige! Auch die nervenden Fragen, wie „Wann sind wir ‚n da?" oder „Wie lange dauert's denn noch?" bleiben aus.

Die Zeiten scheinen endgültig vorbei zu sein, als man die langen Autofahrten mit der Wortsuche auf den Kennzeichen anderer Autos verkürzte oder mit naiven Spielchen wie „Ich sehe was, was du nicht siehst".

Dafür gleicht nun eine Unterbrechung der laufenden Videoschau durch so banale Fragen wie „Wollt ihr was zu naschen?" oder „Muss jemand auf die Toilette?" fast einer Todsünde, die vom Ausmaß ihrer schrecklichen Auswirkung nur noch von einer Zwangspause an der Tankstelle übertroffen wird.

NINA: „Musst du ausgerechnet jetzt tanken? Kann die blöde Raststätte nicht fünf Minuten später kommen? Dann wäre die Folge wenigstens zu Ende."

PAPA: „Ich hab' die Tanke nicht gebaut!"

NINA: „Wäre ja auch noch schöner. Nur um mich zu ärgern, hättest du sie genau hier hingestellt, oder?"

Nina kann sich herrlich aufregen. Mit ihren neun Jahren übt sie sich im Diskutieren. Die präpubertäre Lebensphase steht an und es wird jetzt schon aufbrausend dagegengehalten: logisch oder nicht, egal!

Einsicht und Verständnis sind unwirksam und gelten als Argumente sehr eingeschränkt. Wenn überhaupt, dann nur für die Anderen. Dagegen sein und Widersprechen sind angesagt.

Das kann noch lustig werden, denke ich und atme tief durch. Halblaut murmele ich: „Nur nicht ärgern lassen ... schließlich haben alle Urlaub."

Charly hat nur die Hälfte mitbekommen, nimmt den rechten Kopfhörer ab und fragt: „Wer ist hier zu ärgern? Ich bin dabei!"

„Ruhig, Brauner!"

Dieses Kommando von Mama verstehen beide pferdeverrückten Mädchen und fangen an zu grinsen.

„Also gut! Unsere Familienkutsche braucht Diesel, sonst galoppieren die Pferde nicht weiter. Wir gehen zur Toilette und füllen danach unsere Energiereserven wieder auf. Wollt ihr auch einen Schokoriegel?", fragt Mama.

„Nein, lieber was Süßes!", zieht Nina die Mama auf.

MAMA: „Oder doch was Gesundes?"

NINA: „Au ja, einen Apfel! Oder besser gleich zwei."

Mama runzelt die Stirn und schaut ungläubig zu den Mädchen.

„Stimmt, das gibt Muckis!" - Charly grinst und schaut verstohlen zu ihrer großen Schwester.

Wenn's um Blödsinn geht, verstehen sich die beiden Mädels wortlos.

MAMA: „Wieso?"

NINA: „Na, wegen Weitwurf. Die Äppel kann man so schön weit wegschmeißen!"

MAMA: „Ich werd euch helfen!"

CHARLY: „Na prima, dann kriegst du auch Muckis! Und Ärger mit Opa! Denn: ‚Mit Essen spielt man nicht!'"

Die Weiterfahrt verläuft unspektakulär, bis Charly, die sich eine CD mit Kinderliedern anhört, über die folgende Textzeile stolpert: „Wir werden immer größer, jeden Tag ein Stück ..."

„Opa?" - Charly hält eine Muschel der roten Kopfhörer vom Ohr weg.

„Ja, bitte", entgegne ich höflich.

CHARLY: „Wie viel ist ‚ein Stück'?"

ICH: „Wie kommst du denn darauf?"

Charly zitiert die Liedzeile, damit alle den Sinn ihrer Frage erfassen können.

Nach kurzer Bedenkzeit antworte ich: „Das lässt du dir am besten von Papa erklären!"

Aber auch Papa hat keine Lust auf Erklärungen und entgegnet nur knapp: „Ihr seht doch, ich muss mich aufs Fahren konzentrieren, also …"

Charly schaut mich erwartungsvoll an. Mama grinst schelmisch: „Na mal los, Opa, bin sehr gespannt!"

Meinem Kurzvortrag über das Wachstum des Körpers, die Umrechnung des Resultates in kaum messbare Längeneinheiten pro Tag, den Abhängigkeiten von hormoneller Disposition und genetischer Determination folgt ein allgemeines Schweigen.

„Hast du das verstanden?", frage ich in Erwartung eines freudigen „Ja!"

Charly atmet hörbar ein, hält die Luft nur einen Moment an und sagt dann leicht enttäuscht: „Nein, aber ..." Dann wird ihre Stimme fest und sie ergänzt: „... dann will ich zwei Stück!"

ICH: „Warum denn das?"

CHARLY: „Damit ich bald so groß bin wie Nina!"

***

Die erste Bergfahrt findet eine Stunde verspätet statt, weil der Wind so stark weht, dass der Betrieb der Schaufeljoch-Gondelbahn vorübergehend eingestellt werden muss. Auch als die Bahn wieder fährt, ist der Wind noch immer so stark, dass unsere Gondel jedes Mal, wenn wir aus einem windgeschützten Felsmassiv herausgleiten, eine bedenkliche Schräglage bekommt.

Wir fünf Insassen sind still geworden; der Wind pfeift bedrohlich durch die Lüftungsschlitze.

„Opa, wir sollten die Plätze tauschen", sagt Nina mit leicht blassen Lippen.

ICH: „Warum das denn?"

NINA: „Wenn du außen sitzt, kippt die Gondel nicht so leicht."

„Nun bleibt bloß sitzen und bringt nicht noch mehr Bewegung in die Gondel", Mamas Bemerkung trägt auch nicht gerade zur Entspannung der Situation bei.

„Wo ist denn deine gute Laune geblieben?", frage ich Charly, die besorgt aus dem Fenster schaut.

CHARLY: „Beim Friseur!"

***

In den folgenden Tagen herrscht ideales Skiwetter. Die Pisten sind perfekt präpariert und Nina gleitet inzwischen so schnell und sicher durch den Schnee, dass sie vor und nicht mehr hinter mir herfährt. Auch um mir zu zeigen: Ich kann es! Mission erfüllt, denke ich mir - nicht ohne Stolz.

Und Charly?

Der Hang vor der Skischule ist nicht besonders steil. Aber wenn eine Vierjährige ihn in Schussfahrt absolviert und auf das Kommando des Skilehrers „Bremsen – Pizza – Bremsen!" nicht reagiert, dann muss der sie irgendwie aufhalten. Breitbeinig, um nicht selbst aus dem Gleichgewicht zu kommen. Und das tut weh!

Nun liegt er doch im Schnee und krümmt sich vor Schmerz.

Was der wohl hat? Charly ist schon auf dem Weg zum „Fliegenden Teppich", so nennen sie das Transportband, das alle Schüler nach oben bringt.

„Bin gleich wieder da!", ruft sie dem Skilehrer zu und verschwindet unter der Überdachung, um die nächste Schussfahrt zu genießen.

Am Mittag ist für Charly der Unterricht vorbei. Während Nina mit den Eltern genüsslich die Pisten abfährt, „entern" Charly und ich das etwa fünfzehn Meter lange Piratenschiff aus Schnee. Über eine aufgeschüttete Rampe kämpft man sich nach oben auf Deck, genießt piratenmäßig die Aussicht auf die Umgebung, um dann, so gut es geht, nach unten von Bord zu gleiten. Charly gelingt das perfekt.

Statt einfach nur zu gleiten, versuche ich auf der glatten Fläche abwärts zu laufen und lande immer schneller werdend prompt – Gesicht voran – im Tiefschnee.

Nachdem ich mich als Käpt'n Weißbart mühsam herausgekämpft habe, sitzt Charly grinsend vor mir: „Das haste nun davon! Komm, gleich noch mal!"

Einer Piratenbraut widerspricht man besser nicht.

***

Nach dem Besuch des Gletschermuseums und zwei Rodelausflügen wollen wir den letzten Tag noch einmal im ausgedehnten Skigebiet des Gletschers verbringen. Alle haben gut geschlafen und sich nach dem gemeinsamen Frühstück wie immer umständlich in die Skisachen gequält.

Auf dem Weg zum Auto, jeder Schritt knirscht im kalten Schnee, bleiben wir kurz stehen. Die Sonne erhellt die gegenüberliegende Bergspitze. Das glitzernde Weiß lässt das Felsmassiv strahlend schön erscheinen; im Tal ist es noch schattig.

„Kinder, es war eine schöne Zeit mit euch, ich danke euch. Hat mir viel Spaß gemacht." Meine Worte klingen fast andächtig. „Lasst uns diesen letzten Tag genießen! Auf geht's! Der Berg ruft!"

Als sich alle in Bewegung setzen wollen, legt Charly den Finger auf die Lippen und sagt mit gedämpfter Stimme: „Bleibt doch mal stehen und seid leise." Sie hat ihren Kopf leicht gedreht und lauscht in Richtung des glänzenden Berges.

„Was ist?", flüstert Nina.

Ohne ihren Blick vom Berg abzuwenden, antwortet Charly genauso leise:

„Ich hör' nix ...!"

Mohrle

Schon beim ersten Blick auf die Tiere strahlen Nina und Charly vor Begeisterung.

„Wie lieb sich die Mama um ihre Jungen kümmert", sagt Nina.

„Und sie sauber leckt ..." ergänzt Charly und ahmt das Putzen des Fells mit der Zunge nach.

Als Halter der Katzenfamilie nehmen die Nachbarn die Begeisterung der Kinder lächelnd wahr.

„Aber wir dürfen kein Haustier haben!" Nina hat feuchte Augen. „Mama und Papa sind dagegen."

„Und warum?", fragt die Nachbarin.

„Weil ..."

Nina druckst herum.

„Nun sag schon!"

„Weil … Papa und Mama glauben, dass wir uns nur am Anfang um ein Haustier kümmern …“, antwortet Nina.

„Und, dass sie es dann pflegen müssen“, ergänzt wieder Charly.

„Und überhaupt, wenn wir wegfahren, brauchen wir jemanden, der aufpasst und füttert“, erklärt Nina.

„Und ein Haustier stinkt, frisst die Tapeten an und zerkratzt die Couch!“ Charly redet sich richtig in Rage.

„Nun hol erst mal Luft, Kind!“

Die Nachbarin streicht ihr über das Haar. Dann erklärt sie den Kindern, dass die Bedenken der Eltern berechtigt sind.

„Ein Tier kann man nicht einfach abstellen oder wegwerfen, wenn einem danach ist - wie ein Spielzeug, das nicht mehr gefällt. Die schöne Seite an einem Haustier ist allerdings …“

Wie gebannt hören sich Nina und Charly die Argumente der Nachbarin an.

Als der Wurf zehn Wochen alt ist, beauftragen die Nachbarn die immer noch begeisterten Geschwister nach einem neuen Zuhause für die drei Jungtiere zu suchen. Diesen Auftrag nehmen Nina und Charly sehr ernst und entwickeln dazu fast professionelle Verkaufsstrategien.

Von den jungen noch namenlosen Kätzchen werden Polaroidfotos angefertigt. Das gestaltet sich schwieriger als gedacht, weil die Drei nicht stillhalten und die Zurufe „Kuck mal hier" oder „Hier bin ich" völlig ignorieren. Nachdem eine Zehnerkassette Fotos verschossen ist, werden drei Bilder ausgewählt. Auf die Rückseiten schreibt Nina ein paar Namen, die für die Tiere passend wären.

„Die Käufer dürfen schließlich selbst entscheiden", erklärt sie Charly.

Die Namen „Felix" und „Tobi" sind als Favoriten für die Kater rot unterstrichen und für das Kätzchen gibt es nur einen Namensvorschlag: „Stella".

Als Werbegeschenk haben die beiden für jedes Jungtier ein Baumwollsäckchen gekauft, in das sie eine Büchse Katzenfutter, eine Tüte Leckerlis und eine Bürste zur Fellpflege legen. Sie haben alles selbstständig eingekauft und vom Taschengeld bezahlt.

Auf einer Liste werden alle notwendigen Utensilien einer Erstausstattung wie ein Kratzbaum, verschiedene Futternäpfe und eine Katzentoilette aufgeführt.

Der riesen Aufwand, den die Kinder betreiben, ist nicht ganz uneigennützig. Nina ist sich dessen bewusst, dass dieser engagierte Einsatz auch bei den eigenen Eltern nicht ohne Wirkung bleibt. Sie werden schließlich begreifen, was für verantwortungsvolle Kinder sie haben. Kinder, auf die man sich verlassen kann ...

Und so kommt es, wie es kommen muss.

Nach Vermittlung von zwei Kätzchen gerät die Suche nach einem neuen Zuhause für das dritte Tier ziemlich ins Stocken.

Wenige Tage später, Papa ist gerade nach Hause gekommen, trifft sich die Familie in der Küche.

Charly soll den Eltern über die Vermittlung berichten, darauf haben sich die beiden Mädchen vorab verständigt.

Mama trocknet gerade die Geschirrteile ab, die noch feucht aus dem Geschirrspüler kommen.

Papa lümmelt auf einem Stuhl am Fenster. Er hat die Beine ausgestreckt, sich weit zurück gelehnt, die Brille auf die Stirn geschoben und reibt sich die Augen. Nach einem stressigen Arbeitstag ist er müde. Und unkonzentriert.

„Also", legt Charly los. „Frau Schneider von gegenüber nimmt den grau getigerten Kater und nennt ihn Felix, wie wir vorgeschlagen haben. Sie hat uns zehn Euro für die Sparbüchse geschenkt."

Charly ist stolz und wirft einen fragenden Blick zu Nina, ob alles so richtig ist. Nina nickt anerkennend.

„Zehn Euro für jeden von Euch? Das ist aber sehr großzügig!", sagt Mama.

Charly hält die zwei zusammengefalteten Geldscheine hoch und wirft ihnen einen Kuss zu.

„Und wo bleiben Tobi und ...“

„Tappel“, unterbricht Nina, „Tappel heißt der
schwarze Kater. Den nehmen Zeidlers aus der
Wagnerstraße.“

„Ich sollte das sagen! Das haben wir abgesprochen!“ Charly dreht sich zu Nina, lässt dabei die
Geldscheine fallen, und droht ihrer Schwester mit
erhobenem Zeigefinger.

„Entschuldigung!“ Nina legt beide Hände auf
ihren Mund.

„Und wer nimmt die kleine Katze?", fragt Papa unbeteiligt - nur, um die entstandene Pause zu beenden. Er ist tatsächlich vollkommen ahnungslos ... und die Falle schnappt zu!

„Warum kuckst du dabei so böse?" Charly stemmt beide Hände in die Hüfte und hält den Kopf leicht schief.

„Ich kucke nicht böse!" Papa zieht die Mundwinkel hoch und fragt grinsend: „So besser?"

Darauf nickt Charly: „Ja, das ist jetzt lächerlich!"

„Ich bin freundlich und nicht lächerlich!"

Mama grinst und wendet sich ab.

Bevor Papa Charly die Bedeutung der einzelnen Worte erklären kann, greift Nina ein.

„Würdet ihr dann bitte so freundlich sein und uns erlauben, die kleine schwarze Katze aufzunehmen?"

Nina ist aufgeregt. Charly fasst nach ihrer Hand.

„Nein zu sagen, das wäre lächerlich. Wir haben uns das so gedacht: Mohrle, so werden wir sie nennen, Mohrle kann bei Oma wohnen. Sie kennt sich schließlich mit Katzen aus und wohnt gleich nebenan."

Mit beiden Händen unterstreicht sie ihren kurzen Vortrag und wartet auf die Reaktion. Die kommt prompt.

„Moment mal!" Das klingt von Papa nicht mehr so freundlich. Er ist wieder ganz konzentriert. „Hab‘ ich hier was verpasst? Scheinbar ist alles schon abgesprochen! Wovon wollt ihr das eigentlich bezahlen, das Futter, Katzenstreu, die Leckerlis und, und, und ...?"

„Von meinem Taschengeld!" Schneller konnte Charly nicht antworten.

„Das reicht nie! Und wenn das alle ist, was dann?"

Charly schiebt die Lippen nach vorn, überlegt kurz und antwortet trotzig: „Dann nehme ich Mamas Geld! Ihr lasst uns ja auch nicht verhungern. Oder?"

Papa gibt sich noch lange nicht geschlagen. Nina verdreht die Augen, als er sagt: „Kinder, wir müssen vorher darüber reden. Ihr wisst doch, wir können über alles reden!"

„Okay, dann lass uns jetzt über Mohrle reden!" Nina zeigt sich entschlossen, das Thema zu einem guten Ende zu bringen. Charly steht neben ihr und schaut unterstützend zu ihrer großen Schwester auf. Für sie wird die Genehmigung greifbar!

Erst vor ein paar Tagen war dieser Satz „Kinder, wir können doch über alles reden!" zum letzten Mal gefallen. Womit niemand rechnen konnte, Charly fragte nach.

***

„Du, Papa, können wir wirklich über alles mit euch reden?"

„Ja, klar!"

„Wirklich über alles?", vergewissert sie sich noch einmal.

„Wenn ich es doch sage, über alles!" Papa sieht Charly erwartungsvoll an.

Sie schaut mit vor Freude glänzenden Augen zu ihm auf: „Papa, ich wünsche mir ein Geschwisterchen!"

Die staunenden Blicke der Eltern treffen sich. Mama presst ihre Lippen zusammen, hebt leicht die Schultern und schüttelt fast unmerklich den Kopf, als will sie sagen: „Ich hab' keine Ahnung, woher dieser Wunsch kommt!"

Papa steht auf, hockt sich vor Charly hin, umarmt sie und fragt: „Warum eigentlich nicht: Junge oder Mädchen?"

Charly legt den Finger auf die Lippen, als müsse sie ein Geheimnis hüten. Doch dann sagt sie mit

Nachdruck: „Ein Mädchen - damit du der einzige Mann bleibst!"

***

Zurück im Hier und Jetzt beendet Nina schließlich ihre feurige Argumentation, und als beide Eltern lächelnd nicken, sind die Mädchen nicht mehr zu halten.

Sie hüpfen und umarmen sich und schreien. „Ja! Ja! Ja!"

Papa wird umgerannt und wälzt sich mit beiden auf dem Fußboden. Auch Mama erhält einen dicken Kuss.

Jetzt kommt die Beratung der Familie so richtig in Fahrt. Oma wird dazu gerufen und Regeln werden aufgestellt.

Wer sorgt wann für Futter?
Wer reinigt wie und wann die Katzentoilette?
Wer kümmert sich nach der Schule oder Vorschule um Mohrle?

„Dann müsst ihr aber Opa auch noch fragen!" Oma runzelt die Stirn und blickt von Charly zu Nina.

„Opa hat schon zugestimmt", wirft Nina in die Runde.

„Wie, wann denn?" Oma schüttelt den Kopf.

„Vorgestern, im Auto! Auf der Heimfahrt von der Schule hat er gesagt: ‚Nina, merk Dir das: Wer Tiere nicht mag, weiß auch mit Menschen nichts anzufangen!'"

***

Zwei Wochen sind vergangen.

„Wir haben eine junge Katze. Sie ist drei Monate alt."

Charly strahlt, als sie Mohrle ihrer Freundin vorsichtig in den Schoß legt.

„Aua, sie hat mich gekratzt!"

„Wenn du sie richtig anfasst, kratzt sie dich nicht", erklärt Charly und fügt belehrend hinzu „und wenn sie müde ist, musst du sie ganz in Ruhe lassen."

Oma zeigt Charlys Freundin, wie man ein kleines Kätzchen auf dem Arm hält und streichelt, sodass es sich wohlfühlt. Nach wenigen Augenblicken fängt Mohrle an zu schnurren ...

Die Freundin ist begeistert. Lächelnd streckt sie beide Arme nach Mohrle aus: „Ich will auch mal!"

Charly geht energisch dazwischen:

„Du kannst doch gar nicht schnurren!"

Spielzeit

„Ich hab keine Lust mehr!"

Charly stülpt die zusammengepressten Lippen nach vorn, stützt sich mit beiden Händen auf dem Tisch ab und steht auf. Sie schnappt sich eine Stecknadel und erklärt: „Ich hab genug gemalt. Und genug ist genug!"

Ihr neuestes Bild ist fertig und erweitert Omas Sammlung an der Pinnwand. Oma unterbricht das Bügeln von Opas frisch gewaschenen Hemden. Zusammen mit der Uroma, die gerade zu Besuch ist, bewundert sie die kleine Bildergalerie.

„Schau dir das mal genau an. Vor sechs Monaten sahen deine Menschen noch ganz anders aus." Oma zeigt auf verschiedene Figuren, deren Proportionen sich deutlich verändert haben: „Auf den neuen Bildern haben deine Menschen richtige Arme mit Ober- und Unterarm, mit Ellenbogen und der Hand. Auf manchen sind sogar die Finger gut zu erkennen."

„Damals war ich ja auch noch jünger!", sagt Charly.

„Jenau! Und diese Veränderung nennt man ‚Entwicklung'!", erklärt Uroma.

Die Kleine mustert ihre gezeichneten Bilder, deren Farbgebung und Strichführung eine unübersehbare Entwicklung genommen haben.

„Oma?"

Charly dreht den Kopf ein wenig in Richtung Großmutter und schaut zu ihr hoch.

„Oma, bin ich eine gute Entwicklung?"

„Na hör mal ..." Oma versucht ihren Lacher zu unterdrücken und der ernst gemeinten Frage mit dem nötigen Respekt und einer kleinen Korrektur zu begegnen: „Ja, du hast dich gut entwickelt!"

„Und was machen wir jetzt?" Auch die Antwort posaunt Charly gleich hinterher: „Wir spielen Memory!"

Oma verdreht die Augen. Charly liebt das Spiel mit 36 Kartenpaaren, das sie regelmäßig und immer mit großem Abstand gewinnt. „Ist doch ganz leicht!", ist ihr Lieblingsspruch, wenn sich die anderen und vor allem älteren Mitspieler ärgern, weil sie zum wiederholten Mal keinen „Stich" sehen. Einmal aufgedeckt kann sich Charly die Position einer Karte offensichtlich dauerhaft merken. Wenn sie wieder dran ist, deckt sie mit beneidenswerter Sicherheit das passende Blatt auf.

Sobald ihr Kartenstapel eine beachtliche Höhe erreicht hat, ist ihr gönnerhafter Spruch zu erwarten: „Oma, das nächste Pärchen gehört dir!" Dabei richtet sie sich etwas auf, einerseits um „Größe" zu zeigen, andererseits um den Überblick zu behalten und wartet ab, bis Oma die erste Karte aufgedeckt hat. Dann schießt sie, wie aus dem Hinterhalt kommend, mit ausgestrecktem Arm nach vorn: „Hier! Hier! Das ist die Zweite, die du suchst. Die hattest du vorhin schon aufgedeckt!"

Höchststrafe für die Oma: schon gesehen, nicht gemerkt und großzügig aber unverdient damit beschenkt! „Nein, das muss ich mir heute nicht antun", denkt Oma.

„Was hältst du denn davon, wenn wir mit Uroma ‚Mensch, ärgere dich nicht' spielen?"

„Au ja, dann gewinne ich noch schneller! Uroma, kommst du zum Tisch, oder soll der Tisch zu dir kommen?"

„Nu warte du! Wenn de frech wirst, Marjellchen, weiß ich mir zu wehren!" Drohend schwenkt sie ihren Spazierstock und lächelt.

„Spielt Opa auch mit? Wo ist der eigentlich?", fragt Charly.

Oma legt ein gebügeltes Hemd zusammen: „Opa ist nicht da. Er ist zu einer Lesung."

Charly zieht ihre Schultern leicht hoch und fragt: „Wieso? Opa kann doch lesen!"

Die Autoren

Daniel Jung (4. v. l.) wurde 1952 in Beeskow geboren. Er studierte Zahnmedizin an der Charité der Humboldt-Universität zu Berlin und arbeitete bis 2015 in eigener zahnärztlicher Praxis. Er ist glücklich verheiratet, hat zwei Kinder und drei Enkeltöchter und schreibt Geschichten für jung und alt. Seine Kurzgeschichte „Schach" erschien 2016 beim tredition-Verlag im Sammelband Berliner Autoren: „BLATTspinat und ManGOLD".

Lutz Heber illustrierte das Buch.

Inhalt

Zeitfracht Medien GmbH
Ferdinand-Jühlke-Straße 7
99095 Erfurt, Deutschland
produktsicherheit@kolibri360.de